青山学院大学文学部日本文学科編●小松靖彦・大江元貴・山口一樹企画

講演録 Lecture

『源氏物語』全巻をポーランド語に訳す

IWONA Kordzińska-Nawrocka
イヴォナ・コルディンスカ・ナヴロッカ

文学通信

本書は二〇二四年七月一三日に開催された青山学院大学文学部日本文学科主催講演会「ポーランド語による初の『源氏物語』全巻訳について」の記録です。

【表紙および扉図版】
土佐光起筆（極札による）『源氏物語絵詞』個人蔵

目次

はしがき――企画の趣旨と経緯……………………小松靖彦

青山学院大学文学部日本文学科は、日本研究を進めている海外の研究者との学術交流を、積極的に行っています。その交流の一環として、二〇二四年七月一三日（土）に、ワルシャワ大学のイヴォナ・コルディンスカ＝ナブロッカ氏をお招きし、講演会を開催しました。

ワルシャワ大学では、早くも一九一九年にボグダン・リヒテル氏が日本語講座を開設しました。リヒテル氏は日本語教育を進めるとともに日本文学に関する翻訳や著書を数多く出版しました。一九五六年に日本語講座は日本学科として独立します。長年学科主任を務めたヴィエスワフ・コタンスキ氏は、『古事記』の翻訳（一九八一年出版）と研究を精力的に取り組みました。コタンスキ氏に続き、ミコワイ・メラノヴィッチ氏（日本近代文学）、エヴァ・パワシュ＝ルトコフスカ氏（日本近代史）、ロムアルド・フシチャ氏（日本語学）、ベアタ・クビアク・ホ＝チ氏（日本現代文学・美学）、アグネシカ・ヘレナ・コズィラ氏（日本哲学・宗教史）らが、多彩で独創的な日本研究を展開しています。

コルディンスカ＝ナブロッカ氏はワルシャワ大学日本学科を代表する研究者の一人で

す。青山学院大学文学部日本文学科編『文学交流入門』（武蔵野書院刊）を企画した際、ポーランドの日本文学研究を牽引する氏に、日本とポーランドの文学交流についてご執筆いただきたいと思いました。氏の教え子の萬葉集研究者マウゴジャタ・カロリナ　チトコ＝デュープランティス氏の仲介の労により、ご快諾を賜りました。ポーランドの読者が初めて日本文学に接した日露戦争の時代から、日本の武士を主人公とするＳＦ小説も書かれている今日に至るまでの、ポーランドにおける日本文学の受容を明快に跡付けた御原稿に目を瞠りました。

この縁を機に、私は「第一六回　ワルシャワ大学日本祭　ワルシャワ大学における東洋学の成立九〇周年記念　国際会議：日本の伝統文化と文学―形、イメージ、言語」（二〇二二年一〇月一七～一九日）に参加しました。この国際会議には、のちに本学に着任する山口一樹氏も参加しています。国際会議でのコルディンスカ＝ナブロッカ氏の発表によって、ポーランド語による『源氏物語』全巻訳プロジェクトが進んでいることを知り、また翻訳することで浮かび上がってきた、『源氏物語』のことばの多義性についての氏の指摘を大変興味深く思いました。

このプロジェクトの詳細とその現段階での成果について本学でもご披露していただきたいと願い、二〇二三年九月に氏が来日した折に、氏と私、山口氏で詳細な打ち合わせをしました。

講演会は、青山学院大学青山キャンパス一七号館四〇六教室にて、一四～一六時に開催されました。ポーランドの哲学者ローマン・インガルデンの理論によって『源氏物語』がなぜ傑作かを明らかにし、人物の呼称などの『源氏物語』の翻訳の難所を示した刺激的な論と、その後の活発な議論を多くの方々と本書によって分かち合いたいと思います。

講師紹介

大江元貴

本日の講師のイヴォナ・コルディンスカ・ナヴロッカ氏をご紹介いたします。イヴォナ・コルディンスカ＝ナヴロッカ氏は現在、ポーランド国ワルシャワ大学東洋学部日本学科の学科長を務められていらっしゃいます。ご専門は主に平安と江戸時代の古典文学と文化、『源氏物語』を始めとする日本古典文学の研究、翻訳のほか、現代日本の文化風習や食文化などにも造詣が深くていらっしゃいます。博士論文を元にした著書『日本王朝恋愛』(*Japońska miłość dworska*, Trio, 二〇〇五年)のほか、『「浮世」、井原西鶴の作品における町人文化』(*Ulotny świat ukiyo, Obraz kultury mieszczańskiej w twórczości Ihary Saikaku*, WUW, 二〇一〇年)、『日本食文化』((*Japońska kultura kulinarna*, Trio, 二〇一八年)や、『日本古典文法』(*Klasyczny język japoński*, WUW, 二〇一三年)など、多数の著書を出版されています。また、青山学院大学文学部日本文学科が二〇二三年に刊行しました『文学交流入門』(武蔵野書院)にも、「ポーランドと日本との文学交流」という記事をお寄せいただいております。

本日のご講演では、ポーランドの哲学者・文学者であるローマン・インガルデンの理論に基づいて、『源氏物語』の世界文学史における価値というものを改めて確認したのち、『源氏物語』のポーランド語訳プロジェクトを通して見出された『源氏物語』翻訳における課題についてお話いただきます。こちらのプロジェクトは、ポーランドの国家プロジェクトに採択されて、五ヵ年計画で進められているもので、『源氏物語』全巻を対象としたポーランド語への翻訳は今回初となると伺っております。理論と実践を往還する壮大なスケールのご講演を賜れると思います。

それでは、早速ご講演を賜りたいと思います。どうぞよろしくお願いします。

イヴォナ・コルディンスカ＝ナヴロッカ氏

『源氏物語』全巻をポーランド語に訳す

◉イヴォナ・コルディンスカ＝ナヴロッカ

Ｉ　はじめに

『源氏物語』は、一般のヨーロッパ人とポーランド人にとって、ほぼ半世紀にわたる波乱万丈《はらんばんじょう》の筋書きをもつ一種の〝家族ドラマシリーズ〟のような作品です。しかもこの作品は、読者を遠く離れた異境へと誘い、その中に没入することができる美しく語られた異国の物語でもあります。いったい、千年以上も前にできたこの物語のなにが、現代のポーランド人を惹《ひ》きつけるのでしょうか。それはなによりもまず、本書が美しい言葉や表現で愛を語る偉大な物語であり、ここには、欲望、情熱、裏切り、嫉妬、ライバル心、呪い、悪夢、はかない美への賞賛などあらゆる情感が盛り込まれているからです。ハリウッド映画に慣れ親しんだポーランドの若者でさえ、さまざまな登場人物の起伏に富んだ筋立てと優雅で繊細な振る舞いにはだれもが驚嘆するに違いありません。

『源氏物語』は日本文学のみならず、世界文学史上の傑作でもあります。作者紫式部《むらさきしきぶ》（978?–1016?）は、深遠な人間存在を真理性豊かに描きあげた小説芸術の先覚者とみなされています。彼女の作品は、和歌に裏付けられた個の抒情と物語的な散文叙述を巧みに融合し、一九世紀ロマン主義時代のヨーロッパの詩的散文作品の登場よりも遥か以前に成立したものとして注目されます。プロット構成の斬新さ、当時の宮廷文化の描写力の豊かさ、登場人物の心理描写の繊細さなど、その独創的な美質に多くの関心が寄せられてきました。また、日本を代表する傑作として、現代日本語のほか、英語、ドイツ語、フランス語、ロシア語、チェコ語、スペイン語など、多くのヨーロッパ言語に翻訳されています。

この講演では、以下の二つのトピックに焦点を当てて話を進めてゆきたいと思います。

第一に、ポーランドの哲学者、文学者であるローマン・インガルデン（Roman Ingarden 1893–1970）の文学的芸術品に関する理論に基づいて、『源氏物語』が世界文学史上、とりわけ傑出した作品だといえる理由を述べてみます。

第二は、ポーランド国内でのこの作品の受け止め方を紹介したうえで、ポーランド語による初の『源氏物語』全巻訳出のプロジェクトの概要と、これを遂行するための翻訳手法に関し重要と思われる論点についてお話したいと思います。

Ⅱ 『源氏物語』が世界文学史上傑出した作品だといえる理由

〝国語を守るものは、剣でも盾でもなく、傑出した文学作品なのだ〟

「*Nie miecz, nie tarcz bronią języka lecz arcydzieła.*」

Cyprian Kamil Norwid ▼1

「傑作」の「内容」と「形式」

なぜ『源氏物語』は世界文学史上の最高傑作だと言えるのでしょうか。

注▼1 Cyprian Kamil Norwid（ツイプリアン・カミル・ノルヴィッド、1821–1883）—ポーランドのロマン派の著名な芸術家、詩人、散文家、劇作家、彫刻家、画家。

その質問に答えるためには、まず「傑作」という概念そのものの文化的位置づけを考えなければなりません。しかし、「傑作論」に関する研究はほとんど行われておらず、そのことば自体も主に文芸評論家と研究者によるものか、あるいは学校の教科書で使用されているものかです。ここで「傑作」を定義する三つの、最も決定的な要素を検討してみたいと思います。それはその作品の⑴「内容」・⑵「形式」及び⑶「世界文化の中における当該国の位置（存在様態）」です。

まず作品の「内容」としては、それが著《あらわ》された特定の時代を超越したものでなければなりません。言い換えれば、作品が描写された時代から遠く離れたどの時代の読者にも興味を抱かせるものでなければならないのです。その内容は普遍的でありながらもかつ、誰もが自分のことのように興味を抱き感動することができ、しかも地域性・風土性などの固有性も持っていなければなりません。

そして「傑作」の「形式」とは、必ずしも衝撃的であったり、革新的であったりする必要はありませんが、そのジャンルの特徴が理想的に実現されているものである必要があります。「傑作」の言語、ことば遣いなどは、社会の言語実践にとって、コミュニケーション上での働きや美的役割を完璧にモデル化したものであるべきだからです。

『源氏物語』は、日本の物語のなかでも、かなり異質な性質を持つ散文で書かれています。

その作品の重要な特質のひとつは、登場人物の心理、特に彼らの感情や行動、美的観念などが驚くほど普遍的に扱われていることです。また、「物語」に関する考察や文学におけるフィクションの役割、人間の宿命論、教育観などの普遍的な原理や価値観に関する考察も多く含まれています。その物語のプロットは、語り手の発話いわゆる草子地《そうしぢ》（作者＝語り手介入のことば）によって呈示され、時折登場する暗黙の語り手による解説、対話部分（会話）、登場人物の内的独白（内話）などからなります。またこれに加えて、しばしばそれぞれの場面のスタイル、雰囲気に合わせて、和歌や漢詩の引用や比喩などの文学的表現で満たされることも少なくありません。

このような『源氏物語』における語りのスタイルと方法は、極めて革新的であり、ロシアの哲学者、思想家、文芸評論家のミハイル・バフチン（Mikhail Bakhtin 1895–1975）のいう「多声的」（いわゆるポリフォニー的構想）小説の概念［Bakhtin 1984 : 5］に相当することは注目されるべきことです。言い換えれば、紫式部の語り方とは、「対話主義」という形態を持っています。そこでは、主人公、登場人物が主体となってそれぞれ独自のことばを使用し、独自の世界を築きながら、主要人物同士や作者との交流という対話関係を持つのです。

中野幸一《なかのこういち》氏は『源氏物語』における語り手の種類として、五つのタイプを挙げています。それは、

①説明の草子地（説明、情報追加を補足）
②批評の草子地（登場人物の行動や行為を評価する）
③推理の草子地（作品の読者のように振る舞い、聞いた話を紹介したり、将来を予測したりする）
④省略の草子地（当時の読者がよく知っていた話題を繰り返さないように、あるいは読者の興味を喚起させるコメントをする）
⑤伝達の草子地（モノガタリの本来的な語り口にのせて、宮廷社会に口頭で語られた昔話を語り、伝える）

などです［中野 1991：103–120］。

その国の文化全般への影響

「傑作」の三番目の要素は、その国の文化全般にわたる広範で継続的な受容が存続することです。つまり、その作品が文学以外、広く他の文化的領域等へも大きな影響を与えるほどの豊かなインスピレーションをもっていることが要件です。その一例として、その作品のモチーフが美術分野に浸透したり、あるいはその作品の映画化、漫画化、アニメ化されたりするなどの例を挙げることができます。

また、時代を超えた作品の継続的な存在は、その国の文化以外の歴史的・社会的文脈に大きな影響を及ぼすことも、必須の要件になります。『源氏物語』の場合、その受容史が非常に長く、「源氏文化」とも言えるほどの特質を持っており、現在に至るまで様々な文芸領域において（漫画、アニメ、映画／今年のＮＨＫ大河ドラマ『光る君へ』）そのインパクトは強いものです。

時流に規制される〝あだ花〟のようなポップカルチャーの類とは異なり、「傑作」はいかなる時代にも「かけがえのない存在」です。当然、ただ単純に作品の人気の高さが、「傑作」であることの基準とはなりえません。文学作品が「傑作」とされるのは、その作品が有し象徴する特定の価値観にあり、しかもそれは計量的な分析にはなじまないものです。ポーランドの文学者アンデゥルー・ストッフ（Andrzej Stoff 1947–）が指摘したように、ある本が「傑作」と呼べるかどうかは、その本の発行部数や読者間でのタイトルの認知度によって決まるものではありません［Stoff 1995 : 55–76］。作品が「傑作」となるのは、社会的受容の（継続した長期の）過程と文学専門家の分析による高評価という二つの文化的プロセスの結果なのです。

文学作品が「傑作」と認識されるかどうか、その答えをローマン・インガルデンの文学

【図１】ローマン・インガルデン

的芸術作品論にみることができます。彼の著作『文学的芸術作品』（*Das literarische Kunswerk*）は、一九三一年にドイツ語で出版され、文学ないし哲学分野で重要な地位を占めるものの一つであり、ポーランド国内のみならず数多くの国で読まれています。欧米の文学者や哲学者によく知られ頻繁に引用され、日本でも、瀧内槇雄《たきうちまきお》氏と細井《ほそい》祐介《ゆうすけ》氏による訳もあります。

インガルデンは「完成された作品」の理論を提唱しています。彼の考えでは、「完成された」文学作品は「多声的な性格を担う」ことになり、それは「横断面」と「縦断面」という組成から成ります。「横断面」としては、作品内容とプロットは時系列に連続する部分から構成されます。また「縦断面」としては、以下の四つの諸層が挙げられます［インガルデン 1984：22］。

1. 語音及びその上に組成される上位の音系像の層

つまりことばの音声形象として扱われる作品の層である。言い換えれば、ことばとして自立した音色と韻律のこと。

2. 様々な次元の意義統一の層

ことばの意味のレベル、一つの単語、複数の単語、また文と文節の意味等を指す。

3. 図式化された多様な像面の層

作品自体は抽象的な図式を呈示しつつ、読者にとっては対象が具体的に現れてくること。つまり作品に具象された世界の層。

4. 呈示された対象及びその「運命」の層

無規定箇所が多数存在し、そのため各読者によって異なった作品の具体化（読み方、理解の仕方）がされる層。

読者は、いわばその「無規定箇所」を自分なりの「読み」で埋めあわせることを通じて、それぞれに対象を具現化します。

『源氏物語』では、あえてはっきりと描かない箇所も数多くあります。たとえば、登場人物の描写は、特に理想化された人物の場合、やや曖昧《あいまい》で図式的です。読者は光源氏の外見と性格に対する周囲の人物の反応を通して、彼の姿を窺《うかが》い知ることになります。そこで読者は、傑出した美しさに、涙をも誘うほどの称賛に値する人物として光源氏の容姿を思い描くというわけです。しかもまた、このような巧妙な描写のしくみによって、どの時代の読者であっても、自分なりの思いのままに光源氏のイメージを作り上げることができるのです。

Ⅲ インガルデンの「擬似判断説」の理論

文学的真理

インガルデンの文学作品へのアプローチの特徴は、「擬似判断説」の理論です。「判断」とは、何かを真面目に主張した文のことです。それは、真理であることもあれば偽であることもあります。文学小説の文は、「判断」である文のように見えますが、これは実は「擬似判断」です［インガルデン 1984：260–263］。言い換えれば、文学作品に見られる「判断」は、真理と偽の基準を持っていません。現実世界を描写するのではなく、虚構の世界を創造するからです。

インガルデンにとって、作品に現れるいわゆる「真理」には三つのケースがあります。すなわち、

①歴史的事実に基づいた歴史小説
②作品世界と登場人物のモデル化と写像の仕方の一貫性
③ある種の形而上学的《けいじじょうがく》性質の出現（たとえば人間の運命の悲劇性）

といったものです。文学作品とは、現実世界と似ているが、異なる法則に支配されたフィクションの創造物です。インガルデンによれば、文学作品とその読者との交感は、そこに描かれた物語世界を構成する登場人物や出来事と交感することであり、それは作品そのものを構成する不可欠な要素なのです。

日本の文学批評においても、『源氏物語』「蛍《ほたる》」巻の物語論は、文学作品における真理と虚構《そらごと》に関する最初の論考だと言えます。紫式部自身はこの課題について次のように主張しています。

その人の上《うへ》とて、ありのままに言ひ出《い》づることこそなけれ、善きも悪《あ》しきも、世に経《ふ》る人のありさまの、見るにも飽《あ》かず、聞くにもあまることを、後《のち》の世にも言ひ伝へさせまほしき節々《ふしぶし》を、心に籠《こ》めがたくて、言ひおき始めたるなり。善きさまに言ふとては、善きことの限り選《え》り出《い》でて、人に従はむとては、また悪《あ》しきさまの珍しきことを取り集めたる、皆かたがたにつけたる、この世の外《ほか》のことならずかし。

［源氏物語 1970：3・204］

ここでいう「文学的真理」とは、物語（小説）世界を現実世界に基づいてモデル化し、現実に関連する一定の価値を示すことを意味します。古代ギリシャの哲学者であるプラトンは、紫式部と同様に諸芸術作品は、自然や実在的な世界の本質を模倣すべきだが、絶対的な形式はなく、真理と美（*kalos kagathos*）を示さなければならないという「ミメーシスの論理」を展開しました。

「形而上学的な品質」の具体化

インガルデンの理論におけるもう一つの重要な概念は、「作品の具体化」（つまり様々な読者による読み取り）です［インガルデン 1984：254–257］。「作品の具体化」とは、同時代の文化に馴《な》れ親しみ、自己を形成してきた読者によって作品の解釈（読み）が生成されることをいいます。それゆえ、「傑作」は、一般的に価値あるものとみなされる一定の資質の集合として現れます。

「美的品質」は、作品の構成（語音、意味、テーマのレベル）に現れ、言語の芸術的機能を実現します。また「形而上学的《けいじじょうがく》な品質」は、表現された対象の層で明らかにされます。インガルデンが言うように「形而上学的品質」の具体化は、特殊な「美的価値」を得るに至ります。われわれは「形而上学的品質」を直観しこれに魅了され、これが質的に提供する一切のものを味わい尽くすとされます［インガルデン 1984：255］。

彼は以下のような「形而上学的品質」を挙げています。「崇高なもの、悲劇的なもの、恐るべきもの、衝撃的なもの、抱えがたきもの、デモーニッシュなもの、聖なるもの、罪深きもの、悲しむべきもの、幸福のえもいわれぬ晴朗性」等々。インガルデンは、読者が「傑作」に接することによって、「美的価値」や「形而上学的品質」を経験することができると強調します。

過去の時代における「作品の具体化」、つまり読み方に表れるのは、まさにその「美的価値」です。この問題については、紫式部自身も「蛍」巻の中で取りあげています。

かかる世の古言《ふるごと》ならでは、げに、何をか紛《まぎ》るることなきつれづれを慰めまし。さても、この偽《いつは》りどものなかに、げにさもあらむとあはれを見せ、つきづきしう続けたる、はた、はかなしごとと知りながら、いたづらに心動き、らうたげなる姫君のもの思へる見るに、かた心つくかし。

［源氏物語 1970：3・203］

彼女にとって文学作品とは、娯楽であり、慰めであり、なにか特別な感動を味わうことなのです。本居宣長《もとおりのりなが》も同じような意見を示し、『紫文要領《しぶんようりょう》』においてこれを「物の哀れ」という〝心の揺さぶり〟と見ています。

全体は偽《いつは》りなれども、その中に、げにさもあるべきことと見えて、感ずるところあるものなり。偽りながらも、似つかはしくいひ続けたるところを見れば、またいたづらに心の動くものなり。

［本居宣長 1983：51］

さて、見るもの聞くものにつけて、心の動きて、珍しとも、あやしとも、面白しとも、恐ろしとも、悲しとも、哀れなりとも見たり聞きたりすることの、心にしか思うてばかりはゐられずして、人に語り聞かするなり。語るも物に書くも同じ事なり。さて、その見る物聞く物につきて、哀れなりとも悲しとも思ふが、心の動くなり。その心の動くが、すなはち「もののあはれを知る」といふものなり。されば、この物語、物の哀れを知るより外なし。

［本居宣長 1983：62］

います。

『源氏物語』を読むことによって「形而上学的な価値」を発見することは、たとえば『更《さら》級日記《しなにつき》』の著者である菅原孝標女《すがわらのたかすえのむすめ》は、『源氏物語』への憧れについて次のように述べています。

昼は日ぐらし、夜《よる》は目のさめたるかぎり、灯《ひ》を近くともして、これを見るよりほかのことなければ、おのづからなどはそらにおぼえ浮ぶを、いみじきことに思ふに［…］

［更級日記 1971 : 302］

彼女は、別の箇所では、源氏のような偉大な人物は、この世にほとんど存在しないことを自覚していると述べるのです。

また『無名草子《むみょうぞうし》』では、『源氏物語』は神の力、祈りが通じたこと、神の作用の験《しるし》として扱っており、紫式部が石山寺《いしやまでら》で祈りが通じたおかげで、特別な作品が生まれたのだといいます。

この源氏作り出でたることこそ、思へど思へど、この世の一つならずめづらかに思《おも》ほゆれ。まことに仏に申し請《こ》ひたりける験《しるし》にや、とこそおぼゆれ。［…］さばかりに作り出《い》でけむ、凡夫《ぼんぷ》のしわざともおぼえぬことなり。

［無名草子 1976：23］

そして、「巻々《まきまき》の中にいづれかすぐれて心にしみてめでたくおぼゆる」と提起して、「桐壺《きりつぼ》」、「帚木《ははきぎ》」、「夕顔《ゆうがお》」、「葵《あおい》」、「花宴《はなのえん》」、「紅葉賀《もみじのが》」、「須磨《すま》」、「明石《あかし》」などの諸巻が特に優れた巻であるとします［無名草子 1976：25–26］。このように、作品のすべての層の相互作用は「形而上学的な品質」を呼び起こす可能性があります。

日本では『源氏物語』は偉大な古典作品とみなされ、日本の文化的な価値観・規範となる伝統など、過去の文化を生き生きと感じさせる「傑作」としての特別な美質を確立したものとされています。「傑作」とは、異世界との新たな体験によって読者の内的空間を広げ、現実に新たなイメージを賦与《ふよ》することができます。それは作品と鑑賞者との対話であり、鑑賞者を新しい経験で豊かにする対話でもあります。要するに、「傑作」とは文化的記憶の特別な対象であり、過去の文学的伝統に属し、かつ現在にも影響を与えるものなのです。「傑作」は、文化圏全体のアイデンティティを決定する精神的遺産の重要な一部です。そして「傑作」は、特定の国家に起源を持つとはいえ、しかしその個別の国家と言語を超えるものでもあるのです。「傑作」は、個々の作者の持ち物であると同時に、その作者が属する共同体の作品となり、その究極的な次元において普遍的なものに近づく。言い換えれば、「傑作」は読者の解釈のたゆまぬ努力によって、集団意識の中に存続するものです。

異文化間コミュニケーションの仲介者としての翻訳者

このように「傑作」と呼ばれる文学作品は、国境を越えた普遍性を持っています。しかし、文学作品の場合はインガルデンが指摘するように、翻訳者という仲介者が必要なのです。小松靖彦《こまつやすひこ》は文学翻訳を文学交流の視点から捉え、その視点は異なる言語の作品に「積極的に光を当て、しかもその作品を「双方向」からとらえることを目指す」といいます。［小松 2023 : 4］

『源氏物語』のポーランド語訳の場合、文学交流という視点からすれば、いくつかの解決すべき課題があります。小松の指摘［小松 2023 : 4］を『源氏物語』のポーランド語訳に当てはめると、①『源氏物語』というソーステキスト（原典）が日本の言語文化の中でどのような位置を占めるか、②ポーランドの受容者（翻訳者）がそのソーステキストを選んだ理由は何か、③受容（翻訳）における創造性、④ソーステキストを生み出した日本の言語・文化へのフィードバック、などです。

これらをふまえると、翻訳者としてなによりも大切なことは、異文化間コミュニケーションにおける優れた仲介者であるべきだということです。

Ⅳ　ポーランドにおける『源氏物語』

『源氏物語』に関するさまざまなイベント

まず、ポーランドにおける『源氏物語』の受け入れ状況、作品に対する認識は、まだ浅いと思われます。普通のポーランド人は『源氏物語』というタイトルさえ聞いたことがなく、知識人でも日本文学に特に興味がない限り、タイトルを耳にする程度にとどまっています。このような状況に加え、ポーランドの若者にとって日本文化への入口として大きな役割を果たしてきたポップカルチャーの中に、特に『源氏物語』を基にした漫画、アニメ、映画などがほとんど入っていないことも惜しまれます。

また、ポーランドにおける『源氏物語』に関する研究はあまり盛んには行われていません。二〇〇九年に出版された私の編書『日本文化における源氏物語の千年紀』(*Dziesięć wieków Genji Monogatari w kulturze Japonii*)は、さまざまな論文と今までに翻訳されたこの作品の断片が含まれていますが、それのみの論文集に止まっています。

しかし、日本文化に関係のあるさまざまなイベントなどでは、この作品は主なテーマとしてしばしば紹介されています。たとえば、二〇〇八年（一〇月二〇日～二三日）にワルシャ

【図２】ワルシャワ大学における『源氏物語』千年紀のイベント 2008

ワ大学日本学科が主催した『源氏物語』千年紀（*Dziesięć wieków Genji monogatari w kulturze Japonii*）という国際会議があり、ポーランド国内大学の日本学科から学者や学生、また著名な日本の研究者などが参加しました。「源氏物語の衣装」（フェリス女学院大学三《み》田《た》村《むら》雅子《まさこ》教授）、「平安時代和歌文学と自然・四季—『源氏物語』における自然描写の基底—」（信州大学渡邊《わたなべ》秀夫《ひでお》教授）の特別講演とともに「平安時代文学における観音《かんのん》菩薩《ぼさつ》信仰について」（現・ポーランド国立ヤギェウォ大学＋国際基督教大学園山千里《そのやませんり》教授）の発表がありました。この国際会議と並行して、日本の王朝文化に関する展示会、堀川《ほりかわ》とんこう監督による映画『千年の恋 ひかる源氏物語』のポーランドへの初上映、そして日本伝統衣装研究会会長の上原竹野《うえはらたけの》氏による「平安時代衣装十二単《ひとえ》着付け」の実演が行われました。そのショーのための衣装は日本の西宮《にしのみや》神社から特別に借用され、またワルシャワ大学の日本学科の学生がモデル

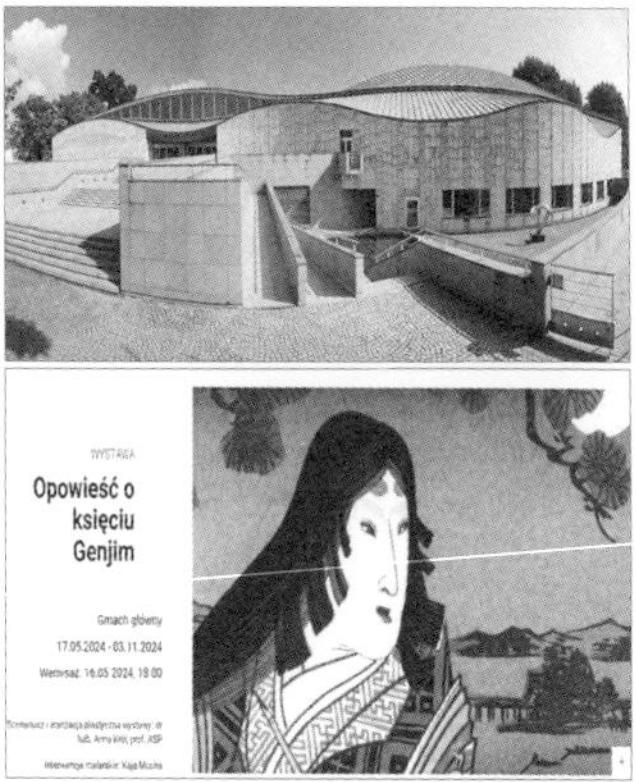

【図３】Manggha 美術館、源氏絵の展覧会 2024

を務めました。

そして今年二〇二四年は『源氏物語』にまつわるイベントが目白押しです。まず五月から一一月に至るまで、クラクフ（ポーランドの前の首都であるKrakow）のManggha美術館で、ポーランドにおいて最も偉大なコレクターであったフェリクス・〝マンガ〟・ヤシェンスキ（Feliks "Manggha" Jasieński 1861-1929）の日本コレクションから、歌川広重《うたがわひろしげ》と歌川国貞《うたがわくにさだ》による浮世絵の源氏絵の、ポーランド初の展覧会が開催されています。Manggha 美術館のウェブサイトには、この展覧会について以下のような情報が掲載されています。

> 『源氏物語』は日本文化を築いた作品です。その文章は千年以上もの間、芸術家たちにインスピレーションを与えてきました。創造当初から、物語には挿絵が添えられ、文学と視覚言語のユニークな組み合わせを提供してきました。一二世紀以降、絵巻物、屏風《びょうぶ》、扇子、アルバムなどの絵が描かれ、一七世紀以降は浮世絵が描かれました。これらは「源氏絵」と呼ばれました。▼2

また今年のもう一つのイベントとしては、五月九日にヴロツワフ（Wrocław）で開催された桜祭りの一部として、『源氏物語』とその作者である紫式部に関する佐々木隆《ささきたかし》氏によるパフォーマティブな講演会が行われました。そこでは、『源氏物語』の歴史的、社会的背景と物語内容が紹介され、三味線と箏《こと》のために特別に作曲された橘寿好《たちばなひさこ》師による関連楽曲も披露《ひろう》されました。

V 『源氏物語』全篇初のポーランド語訳のプロジェクトについて

『源氏物語』のポーランド語の翻訳について見ると、これまでは部分的な翻訳しかありませんでした。その翻訳家はヴィエスワフ・コタンスキ［Wiesław Kotanski 1961］、ミコライ・メラノヴィッチ［Mikołaj Melanowicz 2011］、私自身［Iwona Kordzińska-Nawrocka 2008］、さらに最近ではモニカ・シシュカ［Monika Szyszka 2020］などです。それゆえ、私はこの状況を変えるために作品全篇の翻訳プロジェクトを企画しました。

注▼2 Manggha 美術館ホームページ：https://manggha.pl/wystawa/opowiesc-o-ksieciu-genjim。

【図4】人文科学振興プログラムのロゴ

この翻訳プロジェクトは、ポーランド国の文部科学省「人文科学振興プログラム（*NPRH*）*National Programme for the Development of Humanities*」によるもので、「人文科学振興プログラム」の条件である、〝世界文学中の傑作ないし最も重要な文化作品をポーランド人に紹介すること〟を目的としています。つまり、この翻訳プロジェクトは文学に興味を持つポーランド人を対象としています。

『源氏物語』の翻訳そのものを、ポーランド人の読者が理解するためには、日本の当時の文化、文学、社会、風習、歴史、表現、考え方、言語の説明と解釈などを付け加える必要があります。したがって、プロジェクトは二つの段階から構成されています。

第一は、作品、原文そのものを、現代の読者がわかりやすいように、必要なコメントや解説等を含めながらポーランド語に翻訳することです。

第二は、『源氏物語』について、その作者や王朝文学全般、および外来の唐《とう》文化の影響や宮廷文化一般に関する情報をまとめた論文集を作成することです。この論文集には付録として平安時代の建築、家具、衣装、料理、祝日、当時の宮廷生活などの重要なテーマに関する、イラスト、写真付きの辞書を添える予定です。
この翻訳プロジェクトを実行するチームは六名からなります。代表者と翻訳分担者は私イヴォナ・コルディンスカ＝ナブロッカ Iwona Kordzińska-Nawrocka で、研究分担者と翻訳スタッフとしてワルシャワ大学のロムアルド・フシュチャ Romuald Huszcza 教授、マルタ・トノヤノフスカ Marta Trojanowska 博士、及びモニカ・ナブロッカ Monika Nawrocka 氏、研究分担者として信州大学渡邊秀夫《わたなべひでお》名誉教授、国際基督教大学園山千里《そのやませんり》教授です。

『源氏物語』のポーランド語訳を担当している私にとって重要な問題は、まず翻訳に際しての「方略、方法論」です。以下、そのことに絞って説明して行きたいと思います。

Ⅵ 『源氏物語』のポーランド語訳の「方略と方法論」

翻訳方略

翻訳方略とは、作品全体（マクロ構造へのアプローチ）とまた作品個々の断片（ミクロ構造へのアプローチ）の両方において、翻訳者が意識的に、あるいは無意識的に行う選択と決定であると定義され、それに関していくつかの重要な問題点を挙げることができます。

まずテキストのタイプということで、『源氏物語』の場合はそれが文学作品であること、そして翻訳のスコポスSkoposということになります。スコポスとは、「目的、目標」という意味のギリシャ語で、ドイツ人の研究者であるハンス・フェルメール（Hans Vermeer 1930–2010）が「翻訳の目的」を表す用語として使いはじめました［Reiss, Vermeer 2013 : 86–88］。

スコポス理論では、翻訳文のスコポスがその社会文化圏で持つ遂行機能によって決められるため、原文と翻訳文の間には多様なレベルの等価性が存在することになります。『源氏物語』の翻訳の最終目標が異文化コミュニケーションの成功であるとすれば、『源氏物語』の原文の文化とポーランド語翻訳文の文化に対する理解とその間の隔たりの調整なしには効果的なコミュニケーションは期待できません。そのため翻訳者として様々な翻訳方略と方法を用いて、異文化コミュニケーションとしての翻訳行為を行うことになります。

とはいえ、翻訳文に表れる翻訳者の個々の選択も、翻訳者個人が生きている特定の時代や社会、文化の制限を受けており、また二つの異なる文化や言語の特性からも影響を受けるため、異文化コミュニケーションのための翻訳者の選択は必ずしも翻訳者一人だけのものとは言えません。ポーランドにおける社会的、文化的、歴史的状況による翻訳規範（translation norms）が存在し、その規範によって本文と翻訳文との間に構築される等価関係のタイプと程度が決められるのです。このような翻訳規範は翻訳者や出版社、評論家など様々な人々が参加するたゆまぬ努力の過程でもあるのです。

「翻訳」と「解釈」

『源氏物語』のポーランド語の翻訳文は、幅広い読者を対象としたテキストを作成するために、まずその原文にどれだけ忠実であるかということとともに、ポーランド人にとってどれだけ親しみやすく、簡単な翻訳文を作れるかという困難な問題を解決する必要があります。ポーランドの学者、文芸評論家、詩人、翻訳者エドワード・バルセルザン（Edward Balcerzan 1937–）は、翻訳方略を「芸術的翻訳の詩学」と定義し、翻訳行為を二つのタイプ、すなわち適切な「翻訳」と「解釈」に分類します［Balcerzan 1998 : 25］。適切な「翻訳」とは、アメリカの翻訳理論家ローレンス・ヴェヌティ（Lawrence Venuti 1953–）の言う「異国化翻訳」の手法です。つまり異国的な要素をそのまま残すことで、翻訳文の異質感を最大化する方略です。また「解釈」、言い換えれば「自国化翻訳」とは、原文の異質文化的要素を翻訳語（ここではポーランド語）の文化や習慣に合わせて訳すことで、翻訳文の異質性を最小限にする方法です［Venuti 1995 : 144–146］。バルセルザンは、この二つのアプローチは必ずしも相互に排他的ではなく、一つの作品の中で異なる強度で共存しうることを強調しています。

Ⅶ 『源氏物語』の翻訳における基本的な問題点

1. 人物の呼称

『源氏物語』の翻訳における最初の基本的な問題は、人物呼称に関わるもので、主に登場人物の名前です。紫式部は登場人物に名前を付けることが極めて少ないのですが、主人公の源氏の場合は例外で、源氏の君という名前が頻繁《ひんぱん》に出て、その他の登場人物は、いわゆる「召《め》し名」と呼ばれる官職名呼称が普通です。

たとえば、源氏の親友の頭中将《とうのちゅうじょう》は、物語の展開とともに、「近衛《このえ》中将」、「内大臣《うちのおとど》」「太政大臣《おおきおとど》」、そして最後には「致仕《ちじ》の大臣《おとど》」などと呼ばれることになります。女性の登場人物も同様で、天皇の娘たちには、「女一の宮」、「女二の宮」、「女三の宮」など、生まれた順番を示す名前が付けられています。

英語の翻訳では、翻訳者はほとんど一貫して登場人物を同一名称で呼んでいます。例外はロイヤル・タイラー（Royall Tyler 1936–）訳で、原文に即して登場人物を召し名、官位などで呼びます。ただし、それでは読者にわかりにくいので、その巻毎に読者が迷わないよう、使われている呼び名の説明書きが付いています。しかし、これは読者には煩雑です。ポーランド人の読者に読みやすい文章にするためには、登場人物の呼称は固定名を用いるのが適当であると考えられます。

2．表現と語りの曖昧さと多義性

次の問題は表現と語りの曖昧《あいまい》さです。紫式部は、物語の語り手の部分でも、対話・内話の部分でも、現代人の読者からみると曖昧な言い方を使用します。たとえば、ある情報を省略したり、単に伏線を張って後で説明できるようにしたりしています。複文中の主語を省略することはよくあることで、これは誰が誰に向かって話しているのかを示すものであると同時に、対人関係における上下関係を表す敬語表現によって間接的に主語を示していることもあります。誰の動作やことばであるかが原文に書かれていなくても、平安時代の読者にとっては問題なかったのですが、ポーランド人にとっては、読みやすくなるよう文中に主語を明示する必要があります。これに加えて、引用符などを追加して、人物の「対話」、「心内語」、「和歌」などの部分を、地の文と区別して示すことも必要です。

また、ことばや表現の「多義性」をいかに翻訳文に反映させるかも大きな課題です。一つのことばが文脈（用法）によって複数の意味を持つことがあります。最も代表的な例は、作品の中で非常に頻繁に出現する「**あはれ**」ということばです。もともとは感動詞として、驚きから喜びや楽しみ、そして悲しみや恐怖に至るまで、あらゆる感情的な経験に対する反応を示すことばです。「悲哀」、「哀愁」、「さびしさ」、「悲しみ」、「愛情」などを意味する名詞、また「美しい」、「つらい」、「なつかしい」、「悲しい」、「優れている」の意味を持つ形容動詞「**あはれなり**」ということばもあります〔古語辞典2015など〕。このように、人間の感情の非常に広大な世界、喜びから悲しみや憂鬱《ゆううつ》に至るまで多様な感情を反映したことばです。これらはそれぞれの文脈に沿って的確に言い換え、訳出されなければなりません。

3. 和歌

次の問題は和歌です。『源氏物語』には七九五首の歌があり、さまざまな場面に登場します。その多くは、人物の考えや気持ちを表現するために、対話、心内話、手紙の中などで使用されます。そして、そのほとんどが作者紫式部自身の創作歌であり、この他、当時の宮廷生活の教養知であった周知の古典和歌や著名な漢詩文の一節を引用する「引歌《ひきうた》」、「引詩」も数多く見られる。当時の宮廷社会では、和歌は自己の感情を表現する情緒的なものと同時に、参加者の対人関係や立場・地位を規定する社会的なコミュニケーションの役割という重要な実用的機能をも持っていました。

また、当時の和歌は、適切なテーマやモチーフの選択、主に自然界（季節的景物）に由来することばや用法など表現手法に関する一定の約束・規則がありました。和歌の形式の特徴である韻律というものは、五字句と七字句で構成されており、「五・七・五（上《かみ》の句）／七・七（下《しも》の句）」の五句から成る、いわゆる「三十一文字（みそあまりひともじ）」の短歌形式が、広く詠まれていました。しかもそれは、物語本文中では、地の文とは区別されて別行で書かれるのが普通です。今回の翻訳に際しては、原文への「忠実性」をも考慮しつつ、和歌の部分が地の文とは異なるものであることを明示するために、別行でイタリック体で示す形式を採ることにしました。

4．文化の違いカルチャーレム *Kulturem*

最後の問題は文化の違い、文化関連語彙です。ハンス・フェルメールはこれらをカルチャーレム *Kulturem* と呼び［Vermeer, Witte 1990 : 129–155］、また、ポーランド出身の言語学者のアンナ・ヴィエルツビッカ（Anna Wierzbicka 1938–）は文化のキーワード *Key-words* と名付けています［Wierzbicka 2007 : 41–43］。言い換えれば、文化関連語彙は共同体の自己認識のための重要なキーワードです。その種類はさまざまで、『源氏物語』に即していえば、それは当時の貴族文化と関連する慣用句、度量衡《どりようこう》単位、衣食住、人の年齢の数え方（西洋と違う）、当時の貴族社会の宗教多元主義（神道、仏教、儒教・道教）、超自然界（物の怪《もののけ》）などに分類できます。このような文化関連語彙は、『源氏物語』の世界と密接な関係を持つため、その文化の歴史や社会的慣習などに関する背景知識がない限り、正しい翻訳は困難です。

文化関連語彙の翻訳には、「自国化戦略」と「異国化戦略」の方法がそれぞれ多く使われるため、そのカテゴリー全体に一貫した基準は見られません。原文の異化的要素がポーランド語翻訳文の文化にまったく見慣れない異質なものである場合には、「異国化戦略」のほうが理解しやすいと思われます。

なお、翻訳文中では直接説明しにくい場合は、フランスの文学理論家ジェラール・ジュネット（Gérard Genette 1930–2018）が名付けた「パラテクスト」Paratext、つまり翻訳文を取り巻く外的テクスト（注釈、脚注）の箇所［Genette 1997］を設け、そこで説明や解釈などを付記することとします。

Ⅷ　むすびに

以上を要約すれば、外国文学研究者である私の翻訳者としての務めは、原文を可能な限り尊重しつつも、より大きく両文化の違いに配慮した適切な翻訳文を提供することで、ポーランドの読者が日本の伝統文化を理解できるようにすることにあります。その意味で、私に課せられた最も重要な役目は、「異文化交流、異文化コミュニケーションの媒介者」であることに尽きると思います。

参考文献

1 Bakhtin, Mikhail. (1984), *Problems of Dostoevsky's poetics*, transl. Caryl Emerson, University of Minnesota Press, Minneapolis

2 Balcerzan, Edward. (1998), *Poetyka przekładu artystycznego* (Poetics of Artistic Translation), Edward Balcerzan, edit. „*Literatura z literatury* (*strategie tłumaczy*)" (Literature from Literature (Strategies of Translators), Katowice

3 Burkhard, Hanna. (2008), *Kulturemy i ich miejsce w teorii przekładu* (Culturems and Their Place in Translation Theory), Acta Universitas Wratislaviensis, Język i kultura 20

4 Brzozowski, Jerzy. (2011), *Zarys poetyki opisowej przekładu* (An Outline of the Descriptive Poetics of Translation), WUJ, Kraków

5 Genette, Gerard. (1997), *Paratexts Thresholds of Interpretation*, transl. Jane E. Lewin, Cambridge University Press

6 Hermans, Theo. (1996). *The Translator's Voice in Translated Narrative*. Target 8 (1)

7 インガルデン、ローマン（1984）『文学的芸術作品』、瀧内槇雄、細井雄介訳、東京・勁草書房

8 『古語辞典 第十版 増補版』（2015）松村明、山口明穂、和田利政編集、東京・旺文社

9 小松靖彦（2023）『〔文学交流という視点〕、文学交流入門』青山学院大学文学部日本文学科編、東京・武蔵野書院

10 本居宣長（1983）『紫文要領』日野龍夫校注、『本居宣長集』新潮日本古典集成、東京・新潮社

11 『無名草子』（1976）桑原博史校注、新潮日本古典集成、東京・新潮社

12 紫式部（1970）『源氏物語』阿部秋生、秋山虔、今井源衛校注・訳『源氏物語』一〜六、日本古典文学全集、東京・小学館

13 中野幸一（1991）「源氏物語における草子地」、三谷邦明・東原伸明編『源氏物語 語りと表現（日本文学研究資料新集）』東京・有精堂

14 中野幸一（2023）『深堀り!-紫式部と源氏物語』東京・勉誠社

15 NPRH *National Programme for the Development of Humanities* [online] https://www.gov.pl/web/edukacja-i-nauka/narodowy-program-rozwoju-humanistyki, 26.07.2024

16 Reiss Katherina, Vermeer, Hans J.（2015）, *Towards a General Theory of Transaltion Action: Skopos Theory Explained* , trans. Christian Nord, Routledge

17 Stoff, Andrzej, *Arcydzieła w systemie wartości i koniunktur kultury,*（*Sztuka wobec prawdy.*（*Masterpieces in the system of values and conjunctures of culture,*（*Art in the face of truth*）. *Nałęczowskie Dni Filozoficzne 1993-1995*, ed. G. Sowiński, Nałęczów 1995

18 菅原孝標女（1971）『更級日記』藤岡忠美、中野幸一、犬養廉、石井文夫校注・訳『和泉式部日記、紫式部日記、更級日記、讃岐典侍日記』日本古典文学全集、東京・小学館

19 Wierzbicka, Anna.（2007）, *Słowa klucze. Różne języki. Różne kultury*（*Keywords. Different languages. Different cultures*）, WUW Warszawa

20 Venuti, Lawrence.（1995）, *The Translator's Invisibility: A History of Translation*, Routledge, London and New York

21 Vermeer, Hans J., Witte, Heidrun.（1990）, *Mögen Sie Zistrosen? Scenes & frames & channels im translatorischen Handeln*, Julius Groos, Heidelberg

22 Reiss, Katharina, Vermeer, Hans J.（2013）, *Towards a General Theory of Translation Action: Skopos Theory Explained* , trans. Christian Nord, Routledge

コメント・質疑応答編

（※A～Eは一般参加の質問者）

大江元貴　ナヴロッカさん、ありがとうございました。前半のほうでは特に傑作論というマクロな視点から『源氏物語』を捉える、そして後半のほうでは具体的な翻訳作業の過程を通して見いだされた論点や課題について一つ一つどのように解決されるのかというミクロな視点からお話をいただきました。その二つの視点から捉えることで、『源氏物語』の価値であったり異文化コミュニケーションにおける意義が浮かび上がってくるような、大変示唆に富むご講演だったかと思います。誠にありがとうございました。

　私自身は専門が日本語学で文学が専門ではないのですが、傑作とは何かという点にまで立ち戻って『源氏物語』について改めて考えるということに、非常にはっとさせられました。インガルデンの文学理論をベースとしつつも紫式部自身や『更級日記《さらしなにっき》』、あるいは『無名《むみょう》草子《ぞうし》』のような作品における源氏物語評、また、プラトンや本居宣長《もとおりのりなが》のような、本当に時代も地域も超えた形で、幅広い視点から作品論、傑作論に照らしてみたときに『源氏物語』の傑出性や重要性を改めて理解でき、大変圧倒される思いで聞いておりました。

それから後半の翻訳論に関しても、『源氏物語』の翻訳の最終目標が異文化コミュニケーションの成功というところにあるというのも非常にはっとさせられる思いで聞いておりました。その中で、忠実性と分かりやすさ・親しみやすさとの緊張関係の中でどういった手だてを取り得るのかという点も、具体的にいろいろ考えてみると確かに難しい問題があるということもよく理解できました。

私自身は特に後半の翻訳論について、語学の観点から少しお聞きしたいことがあるのですが、まずはフロアのほうからご質問を受け付けたいと思います。まずは指定コメンテーターとして、青山学院大学で『源氏物語』をご研究されている山口一樹准教授より質問、コメントなどを頂きたいと思います。その後、ご参加いただいている皆さまから自由にご質問を受けたいと思います。まずは対面会場のほうで質問を募り、その後、もしオンライン参加の方からご質問があれば受け付けるという順番で進めたいと思います。ではまず山口さんのほうからお願いします。

山口一樹　青山学院大学日本文学科の山口一樹です。本日は大変興味深いお話をいただき、誠にありがとうございました。世界文学史の観点から、また翻訳をする対象として『源氏物語』を捉えた時にはこのような特徴や問題があるのだと分かり、普段自分一人で勉強をしている時には見えない部分をたくさん教えていただけて、非常に興味深かったです。お伺いしたいことが多いのですけれども、三点に絞って質問させていただきます。ナヴロッカさんのお話の内容の順序に即してお伺いしたほうがよろしいかと思いますので、前のほうから順番にお伺いできればと思います。

まず、『源氏物語』のどのようなところが世界文学史上の最高傑作と言えるのかという点に関してです。ここではまず傑作の要件を三つ挙げていたかと思います。「内容」と「形式」、そして、その後のさまざまな文化への影響といった点が挙げられていましたが、少し意外であったのが「形式」に関するところです。傑作の「形式」については、ジャンルの特徴が理想的に実現されているものと定義したうえで、『源氏物語』の語りの体裁について取り上げているかと思います。物語が語り手による解説や登場人物の対話部分、内的独白から成る点に注目されて、これはバフチンの多声的小説の概念にも相当するとされていました。語りの特色も傑作の要件になるのだということを新たに学ばせていただきました。

その上でお伺いしたいことが一点あって、『源氏物語』中で物語の語り手の設定が具体的に行われている点は、世界文学史の観点からすると、どのように評価されるのかが気になりました。『源氏物語』の語りの問題は国内の研究でもかなり掘り下げられており、さまざまな説がありますが、『源氏物語』の語り手は女房であると説かれることが多いです。語り手が具体的に設定されている点は、日本文学史の中では新たな試みだと言われもするのですが、世界文学史の観点からするとどうなのかという点について、お考えがあれば教えていただきたいです。お願いします。

ナヴロツカ　バフチンが言うように多声的な語りのスタイルです。ヨーロッパの文学の場合はドストエフスキーの文学をもとにして考えています。ですから『源氏物語』に即して言えば、作者は語り手として、もちろん女房のことばでさまざまな形で出ていますが、登場人物のそれぞれの語りのスタイルもあります。しかもそれが一一世紀に出現したというのは、革新的だと思います。ヨーロッパの文学、ヨーロッパの小説はその時はまだほとんど存在しなかったので、世界から見ると非常に珍しいスタイルです。日本の語りとしてではなくて、私たちの目からすれば非常に斬新さを感じます。

山口　なるほど、ありがとうございます。「話声《わせい》」などといった概念が用いられたりもしますが、認識の主体を分ける形で文章が書いてあるというのは、やはり特徴的なのですね。

ナヴロツカ　つまり会話や内話は全部語りのものでしょう。作者は主な語り手ですが、登場人物の独白、内話、心内話も語りのタイプのひとつだと思います。

山口　いろいろな語りの形式が作中に見出せるところが面白いというのがよく分かりました。続いて、インガルデンの文学理論に照らして『源氏物語』の特色を論じられているところに関してです。私がインガルデンの理論に全く追いつけていなくて少し勘違いしているところもあるかと思いますが、インガルデンの理論の中の作品の具体化および形而上学的《けいじじょうがく》品質といったところに触れられている点に関して、『源氏物語』の場合の形而上学的品質は具体的にどの部分が該当するのか、お伺いできればと思います。

インガルデンの理論に対する理解が間違っていないかも教えていただきたいのですが、文学作品の傑作というのは作品の具体化、つまり、読者の解釈によって表現の上に形而上学的品質ないしは美的価値を示すものであるとされているかと思います。だから読者は作品を読み取って、そこから形而上学的品質あるいは美的価値を体得する、ということかと考えました。「蛍《ほたる》」巻の物語論や本居宣長の『紫文要領《しぶんようりょう》』の中で言及される「あはれ」や「もののあはれ」といったものがそうした資質に当たるのかと思ったのですが、具体的に作品のどのような部分がそこに相当するとお考えになっているのかが気になりました。作中で描かれる人物の心情や関係性、出来事など、さまざまなものが挙げられるとは思いますが、世界文学史の観点から作品のどの部分がそのような評価に値するのか教えていただければと思います。

ナヴロッカ　インガルデンが指摘したように、それは読者自身が『源氏物語』に接して感じることで、その内容はそれぞれの読者によります。たとえば、普通の生活をしている人たちはあまりに悲劇的なものや深い感動といったものを体験することができないので、文学を読むことによってそれを感じたり体験することができるのです。本居宣長が指摘したように、「もののあはれ」とはとても幅広い意味で、いろいろな物事に接してさまざまに感動するということです。だから楽しい時でも悲しい時でも、それは読者によります。

日本の『源氏物語』の受容を見ると、たとえば「須磨《すま》」の巻はたくさんの読者にとって非常に感動的でした。今でも「須磨」や「明石《あかし》」などは感動的ですね。そして、他の読者、ポーランド人、ヨーロッパの読者にとっては、また別のもので感動する可能性があります。

山口　読者によっていろいろなものが挙げられるということなのでしょうね。

ナヴロッカ　普通の生活で経験できないものを、小説を読みながら経験できるのはいいことです。しかもそれはまた読者の個人的なものです。

山口　だからこそ人気があって、いろいろな批評が書かれたりするのかなと思いました。ありがとうございます。最後に翻訳に関してです。本当に存じ上げないことが多くて、翻訳の方略が二方向あるといったお話なども非常に興味深かったです。『源氏物語』の翻訳上の問題点としては、文化の違いや文化関連語彙の問題を挙げておられましたが、スライドの中の言葉のうち、とくに「もののけ」ということばが気になりました。これは学生の卒業論文のテーマなどにもよく選ばれる人気のあるものですが、「もののけ」という概念がポーランドでなじむものなのかが気になっています。

作中だと生きている人が「もののけ」になったりもしますが、亡くなった人が「もののけ」になったり、屋敷に取りついている「もののけ」もいたりして、さまざまな「もののけ」が出てきます。これを翻訳する時にどのような工夫をされるのかが気になったのですが、いかがでしょうか。

ナヴロツカ　「もののけ」というテーマは、逆にヨーロッパ人、ポーランド人にとって最も面白い場面のひとつです。もちろんポーランドの文化や歴史には「もののけ」というものはありません。ことば（ポーランド語でduch〈霊、魂、幽霊、亡霊の意〉）としてはもちろんありますけれども、やはり説明が必要です。そのままの単語だけを使って説明はできないので、何とかきちんと別のところ、注釈など、論文集での説明が必要です。

山口　ありがとうございます。きっと大変になるだろうなと思っていたところでした。注釈などを付けて対応をされるということで、今後の進展が非常に楽しみです。他にもいろいろとお伺いしたい点はありますが、フロアの方、オンラインの方も含めて、いろいろなご意見を頂ければと思いますので、私からの質問はひとまずこちらで終えたいと思います。ありがとうございました。

ナヴロツカ　ありがとうございました。

大江　ありがとうございます。それでは、会場にお越しの皆さまからまずは質問をお受けしたいと思いますが、いかがでしょうか。

韓京子　ご講演ありがとうございました。青山学院大学日本文学科の、江戸時代の文学、近松門左衛門《ちかまつもんざえもん》の浄瑠璃《じょうるり》を専攻している韓京子と申します。今回の翻訳はポーランドの文部科学省の人文科学振興プログラムによる翻訳とおっしゃっていましたが、やはり韓国でも各国の名著翻訳のプロジェクトのようなものがあって、ちょうど今『源氏物語』をソウル大学の李美淑《イミスク》氏が翻訳している途中だったので、同じようなことがポーランドでも行われているということをお伺いして、思い出しました。

一点だけお伺いしたいと思います。『源氏物語』はヨーロッパの言語にたくさん翻訳されていたというお話ですが、近代に入ってヨーロッパの文学作品を朝鮮で翻訳する時に日本語に翻訳されたものを参照して朝鮮語に翻訳したということがあったりします。今回翻訳をなさる時に、ポーランド語に翻訳されたものがないので他のヨーロッパの言語に翻訳されたものを参考にされたり、あるいは他の言語に翻訳されたものの中に参考になるなと思った点があったのかをお伺いしたいと思います。

ナヴロッカ　私はできるだけ翻訳が終わるまで、たとえば英語訳を使わないように、見ないようにします。まずは原文の日本語そのまま、そして現代語訳だけを見るようにして、翻訳が全部終わったら、その時に他の翻訳と比べたいと思います。

大江　ありがとうございます。他はいかがでしょうか。

A　素晴らしいご講演をありがとうございます。私が聞きたいことは、ポーランド語への翻訳に関することです。ポーランド語で書かれた昔の小説は、設定も言語的にも少し難しく読みづらい雰囲気があります。なので、今回の翻訳は、日本文化への関心がまあまあ程度の人にどうやって興味を持ってもらえるように紹介しますか。

ナヴロッカ　ポーランドにはいろいろなイベントがありますので、たとえば、今年はヴロツワフに行き、桜祭りにも参加して、『源氏物語』についての講義をしました。

私はポーランド語に翻訳する時は現代のポーランド語を使いたいです。まず現代の人たちのためのものですし、初めての全巻の翻訳ですから現代ポーランド語を使いたいです。たとえば、昔、『古事記《こじき》』を翻訳したワルシャワ大学日本文学科のヴィエスワフ・コタンスキ教授は少し古い言葉を使っていましたのでやや分かりにくいのです。だからそれをやめて、みんなが読めるように現代ポーランド語訳をしたいです。

A　ありがとうございます。私自身は絶対に読みたいと思います。

大江　その他はいかがでしょうか。お願いします。

B　ありがとうございました。ナブロッカさんにとって特に印象に残った、「もののあはれ」を感じたエピソードがあればぜひ伺いたいです。

ナヴロッカ　「もののあはれ」のエピソードはやはり「須磨」の巻です。光源氏はとてもかわいそうです。悲しい時期にあったから、私は個人的にはとても感動しました。

B　ありがとうございました。

大江　では、小松さん、お願いします。

小松靖彦　青山学院大学日本文学科の小松靖彦です。どうもありがとうございました。さまざまな面から『源氏物語』の魅力を改めて気付かされました。今の質問に引っかけてお尋ねしたいのですが、ナブロッカさんは「須磨」、「明石」の巻で非常に悲しいという気持ちを持ったということでした。まさにそれは「あはれ」なのですが、ポーランド語でその「あはれ」に近い、つまり、今の悲しいという意味のことばは、どんなことばになるのでしょうか。

ナヴロッカ　「あはれ」ですか。

小松　はい。「明石」のところで感じられたという「あはれ」、今の哀しいという意味です。

ナヴロッカ　それはポーランド語で言えば、smutny スムティニです。

小松　文脈に沿って「あはれ」に合うことばを選びながら翻訳されていることと思います。逆に言えば、「あはれ」という一つのことばでさまざまな感情表現を済ませている日本の古典語とは何だろうかということを考えさせられます。

それから、『源氏物語』が漫画などの大衆文化において、ポーランド語にはなかなかなりにくいというお話がありました。『古事記』はコタンスキ氏がかなり早く一九八一年に訳していますが、『古事記』はポーランドの人たちに親しまれているのでしょうか。

ナヴロツカ　それはないと思います。日本文学科の学生たちや、あとは大学生ぐらいです。だけど『古事記』は『源氏物語』と少し違います。私は、『源氏物語』はやはり小説ですから、内容的にはいろいろな意味で面白いと思います。

小松　もう一つだけお聞きします。ポーランドには民話や古い叙事詩があります。最初に民話や伝説を集めて文学作品にしたアダム・ミツキェヴィチのような人もいます。このような人たちが集めたポーランドの民間的な説話や伝説は何か翻訳の参考になったりはしないのでしょうか。

ナヴロツカ　ミツキェヴィチはロマン主義時代ですので、ことばが違います。私は現代語訳のほうを選びます。

小松　ことばの問題ということだけではなく、『源氏物語』そのものがやはり、古い、前の時代からの「語り」を引き継いでいます。そのような民間伝承や民間の語りのものがポーランドにもあるはずで、ポーランドの民間の語り口、つまり叙法、人称、語り手と読者距離などのナラティブも使えるところがあるのか、と思いますがいかがでしょうか。

ナヴロッカ　私はできるだけ『源氏物語』そのものの面白さを見せたいです。だからポーランドのいろいろな昔の有名な小説を使わずに『源氏物語』の面白さを、私たちからすれば遠い国の面白い話ですから、そのままを見せたいです。

小松　お考えは分かりました。

大江　ありがとうございます。その他はいかがでしょうか。お願いします。

C　一般参加です。貴重なお話をありがとうございました。『源氏物語』は歌物語からつながってきた物語だと思います。和歌七九五首を訳していくのは本当に大変なことだと思うのですが、和歌の内容だけではなくて、やはり五・七・五・七・七のリズムだったり修辞の美しさだったり、そのようなものもポーランドの方々に伝わっていけばいいなと私は思っていますが、どのように工夫されるのかを聞いてみたいと思います。

ナヴロッカ　私としては、リズムはそのまま残したいです。だからポーランド語に訳しても、同じように五・七・五の韻律的な特徴はそのまま残るようにします。そして私が前に申しましたように、修辞法は難しいです。ポーランド語には掛詞《かけことば》もないし、それから枕詞《まくらことば》など、他の修辞法もありませんので、それはまた時々パラテクストとしていろいろな説明を付け加えます。やはり、和歌の翻訳は一番難しいです。

C　日本の四季のことや、付属していろいろな知識がないとなかなか理解が難しいところもあるので、そのあたりをとても楽しみにしています。

ナヴロツカ　そうですね。四季のイメージも少し違います。似ているところもあります。たとえば、秋や春は大体同じですが、他のものは少し違いますので難しいです。論文集が別に付いていますので、その中に日本の平安時代の文化について詳しい説明や写真がきちんとあります。それを一つのものとして、つまり『源氏物語』の翻訳と論文集が一つのパケットとして刊行されます。

C　ありがとうございます。楽しみにしています。

大江　その他はいかがでしょうか。それでは私のほうからお伺いしたいと思います。お伺いしたいことが二点あります。いずれも翻訳のところで、既に出たご質問に重ねてお聞きするところもあると思います。一つ目は『源氏物語』の翻訳における基本的な問題で、今日配っていただいた資料の最後のページに1、2、3、4、5と挙がっているところです。お話を聞いて、確かにいずれも本当にそのとおりだなと思いました。

なんなら日本の現代語訳においても、たとえば心内語なのか会話なのか分かりやすく書いてくれるとやはり現代人としては非常に読みやすかったり、呼称についても背景知識がないとなかなか分かりづらいこともあったりということで、日本語の中での現代語訳にも適用できる問題なのかなと。あるいは英語やフランス語やドイツ語などに訳す時にもやはり同じような問題があるのだろうということで、かなり普遍的な問題を取り扱ってくださっていたのかなと思います。
一方で、他の言語ではなさそうな、ポーランド語だからこそ出てくる問題点などがもしあればお伺いしたいと思います。先ほど英語訳等は見ないようにしているとおっしゃっていましたが、予測として、英語や他の言語ではなさそうだけれども、ポーランド国、ポーランド文化に持ち込む時に特に問題になりそうな特有の問題等がありましたら教えていただきたいと思いますが、その点はいかがでしょうか。

ナヴロッカ　ヨーロッパの言語はもちろんそれぞれ違いますけれども、ある意味では似ています。たとえば敬語は少ないです。ポーランド語の場合はある程度敬語の表現がありますす。それは使うことができます。しかし、和歌のリズムは特別で、ポーランド語の単語はもっと長くて、同じリズムを守るのはとても難しいです。ポーランド語は言葉としては少し長いです。
それから掛詞、枕詞は、ヨーロッパのどこのことばでも難しい問題になると思います。それは日本語独特のものですから。他方、作品中の人物の男女の区別は、ポーランド語は主語がなくても文章から時々分かります。なぜならば、ポーランド語の動詞には女性名詞と男性名詞の語尾がありますのですぐに分かります。

大江　ありがとうございます。なるほど。むしろポーランド語に訳す時に女性名詞、男性名詞で把握しやすくなる面があったり、やはりリズムの面は難しいのだなと改めて思いました。内容をとるのか、語感というかリズムをとるのかという、そこでもやはり緊張関係があって、いい翻訳とは何なのかということを改めて考えさせられました。

もう一点、これも先ほどのご質問に少し出た話ですが、異文化コミュニケーションの達成というところに翻訳の目標を置くことに私は非常に感銘を受けたのですが、コミュニケーションと考えた時に、やはり相手が誰なのかということが非常に重要になると思いました。先ほど、どうやって広めていくのかというご質問があったと思いますが、誰に向けたものかによって、より親しみやすく感じる文体なども結構違うのではないかと思います。

たとえば、一方では日本文化などにかなり精通した人にとって非常に読みやすい文体があり、また一方で中学生や高校生ぐらいの、特に日本に親しみがない子たちにとって親しみやすい文体がまた別にあるとしたら、もしかしたらその二つは少し違うのかもしれません。今回の翻訳のメインターゲットとしてはどのあたりを想定されているのかをお伺いしたくなりました。いかがでしょうか。

ナヴロッカ　もちろん日本学科の学生のためだけではなくて、一般の知識人、文学に興味のあるポーランド人向けだと思います。分かりやすくて、面白さを何とか形で伝えられるように考えたいと思います。だから一般の人たちのためにです。

大江　広く一般の人向けですか。

ナヴロッカ　そうです。

大江　ありがとうございます。まだ時間はありますが、他の方はいかがでしょうか。ではお願いします。

韓　ナブロッカさんの翻訳は一般の知識人、文学に興味のあるポーランド人のためというお話ですが、今回、本を出版する時に、読者の理解を助けるために挿絵であったり注釈はどうなさるのか、最近は韓国などでも一般の読者が読みやすいように注釈は少なめにしてくださいということがあったりしますが、今回はどういうお考えかお伺いしたいです。

ナヴロッカ　ポーランドも同じです。普通の出版社は、注釈はできればなしということです。ですので、私が考えたのが、翻訳（二冊）とともに論文集（一冊）をセットにして刊行するということです。つまり、翻訳プラス論文集を一つのものにして、みんな必ず両方を買うことになります。論文集に平安時代の文化の説明と写真、それに辞書のようなものも付け加えたいのです。なるべく簡潔で分かりやすい翻訳文を心がけ、複雑なことは論文集の中で具体的に説明できるようにします。

大江　山口さんは、先ほど他に聞きたいことがあるとおっしゃっていましたけれども、いかがでしょうか。

山口　これまでフロアから出てきた質問に関連するところでお伺いしたいのは、ナブロッカさんが「もののあはれ」と思われる箇所はどこかという質問に、「須磨」の巻ですとおっしゃったことに関してです。正直、私は「須磨」の巻は少し眠くなる巻というイメージがあります（笑）。光源氏と帝の寵愛《ちょうあい》する朧月夜《おぼろづくよ》との関係が露見してしまい、政治的にも追い込まれて、須磨に逃れて生活をしていくお話です。『源氏物語』を原文で読み進めた時に挫折するところが「須磨」の巻だと言われることがあるので、私以外の日本人でも苦手な方は多いのかなと思います。「須磨帰り」ということばを聞いたこともあります。「須磨」の巻のどのあたりが魅力的であるのかという点について、お伺いできればと思います。

ナヴロッカ　光源氏は初めて悲劇的な立場に陥《おちい》ったということで、悲劇的なことを感じることになります。その前はずっと立派な素晴らしい方でみんなに褒められて、「須磨」の巻に入ると普通の主人公になるということです。他の人と同じようなことを経験することになります。日本人も悲劇的な人物が好きでしょう。

山口　本当にそうですね、敗者が好まれるのが常です。「他の人と同じようなことを経験する」という理解のされ方も興味深く感じました。「須磨」巻まで光源氏は順風満帆《じゅんぷうまんぱん》に生きてきて、そこから政治的にも追い込まれて都を追われるというのは確かにそうだなと思います。作品を読んでいても面白いと思うかは、授業をやっていても人によって全然違ったりして、私が好きだという登場人物を学生は嫌いだと言ったりします。それは多分その人の人生経験や価値観、これまで触れてきた文学などが関わっていると思いますが、国の違いも関わってくるのかなと思いましたので、お伺いできて良かったです。ありがとうございます。

山本啓介　青山学院大学日本文学科の山本啓介です。大変面白く拝聴しまして、今のお話でも思ったのですが、室町時代の連歌《れんが》などを見ていますと、元ネタにされるのはほとんど「須磨」と「明石」なのです。なので、やはり後の時代の人なども「須磨」や「明石」への興味が大きいのかなと思って聞いていました。

それで少し関連して、私は専門が和歌なので、和歌の話が出ていたのでつらつら思うのは、和歌の訳から少し離れますが、季節の風物といいましょうか、いろいろなものの感覚で、たとえば、「空蝉《うつせみ》」などは、夏のうだるような暑さと、涼しいところへ行こうなどという京都の彼らの普通の感覚が、作品にも表面化しないで出てくるケースが多いと思いますが、今回のお話で言うと、あのようなところは解説しながらいくのか、あまり解説しないでいくのか。お話しになっていた別の本で解説されるとか。

ナヴロツカ　別の本、そうです。

山本　どのような感じですか。使い分けだと思いますが、やはり別で解説される感じになるのですか。

ナヴロッカ　そうですね。当時の王朝時代の日本人の季節観や和歌の修辞・技法等についても別冊の論文集で具体的に概説するように計画しています。

山本　なるほど。話が少し飛んでしまいますが、ポーランドの方にとって、生まれて初めて海を見るのはどのような感じなのでしょうか。結構北のほうに海があるのでしたか。

ナヴロッカ　はい。私はワルシャワ出身ですので、ちょうど真ん中です。夏休みに両親と一緒に海を見に行きました。バルト海は。ポーランドの場合は山は南のほう、海は北のほう、真ん中は平野だけです。

山本　私も一回新潟に赴任して、源氏の気分というのはこのようなものかなと思ったのですが、海の向きが北と南で違っています。瀬戸内海は急に荒れたりするわけです。ああいうのもやはり原文のままだとそこのところがどう伝わるのか、やはり翻訳は難しいなと思ったりして伺いました。

ナヴロッカ　そこまではできないと思います。ポーランド人は海のことはあまり…。

山本　そのような解説集が別に付くとそこが見えてきたりして、入り口は広くてそこから先が深いというのがやはり面白いのかなと思って聞いていました。

大江　ありがとうございます。まだお時間がありますが、その他はいかがでしょうか。では、お願いします。

D　ご講演ありがとうございます。ナヴロッカ先生は、ワルシャワ大学で私の指導教授でした。申し訳ないのですが、話は「須磨」と「明石」の巻に戻りたいと思います。面白いかどうかは別にして、「須磨」と「明石」の巻は少し文化の違いもあるのではないですか。須磨と明石に行って、和歌だけなく、邸宅の描写にも中国文化の影響があります。頭中《とうのちゅう》将《じょう》も訪問する時に中国の歌、詩を詠むことになります。ポーランド語の翻訳では、どのように注釈を少なめにして平安京と少し離れたところの文化の違いを説明するつもりでしょうか。

ナヴロッカ　まず和歌そのものは、ポーランド人はいろいろなことに感動した時に和歌、poetry はほとんど使わない。だから私たちからすれば、それは少し不自然です。光源氏はものごとに接して感動するとしばしば和歌を詠みます。また、語り手や登場人物は、折に触れて漢詩文を引用します。これら、『源氏物語』における中国文学の影響の問題も別冊の解説篇で説明をします。方法としては他にないです。私たちからすれば日本と中国は両方とも遠い文化ですので。

D　分かりました。ありがとうございました。

大江　その他はいかがでしょうか。では私からもう一点、非常に雑多な質問になりますけれども。翻訳のことですが、メンバーとして複数人の方がいらっしゃって翻訳をされていくということでしたが、この壮大なプロジェクトがどのような過程で進められているのか非常に興味を持っています。といいますのは、翻訳をするといった時に、やはりいくつかのやり方というかパターンが出てきた時に折り合いを付けながら進めていくことになるかと思います。進め方としては定期的にミーティングを持って進めていかれる形なのか、いろいろな案を出し合いながらやっていく形なのか、その裏話といいますか、進め方の具体的な作業について、もし差し支えなければお聞きしたいと思います。

ナヴロッカ　プロジェクトは五年間程度でやらなければなりません。翻訳は私一人でします。日本人の研究者や先生方は日本にいらっしゃいますから、たとえば、もうすぐプロジェクトの残りの期間が半分になりますので、私が分からない、問題になる点についてはまとめてその時に聞くことになると思います。これからの話になります。取りあえず自分一人で翻訳して、そして最終的な段階に入ったら全部チェックして相談したいと思います。

大江　ありがとうございます。勘違いしていました。先生がお一人で訳されるということなのですね。

ナヴロッカ　そうです。

大江　大変な作業ですね。すみません。改めてそのすごさを感じました。では、オンラインのほうでもご質問があれば受け付けたいと思います。Zoom の挙手機能でお知らせいただければと思いますが、いかがでしょうか。オンラインの方でご質問がある方はいらっしゃいますでしょうか。

小松　オンラインの方の質問の前に――。翻訳はどこまで進んでいるのでしょうか。

ナヴロッカ　まだ「澪標《みおつくし》」です。

小松　一四巻目ですので、先は長いようですね。

ナヴロッカ　あと三年間です。

山口　オンラインの方から質問が。

大江　ではお願いします。ミュートを外してください。

山口　チャットでコメントを頂きましたので、こちらで代読します。お一人で全巻を翻訳するにはどれぐらい時間がかかるのでしょうか、という御質問です。いかがでしょうか。

ナヴロッカ　合わせて五、六年間ぐらいだと思います。だから、二〇二八年がまた記念になりますので、できればその前に出版したいです。

山口　ありがとうございます。御質問くださった方より、感謝の声を頂きました。他にオンラインの方もいらっしゃいましたら、ぜひ画面の方でお願いします。

大江　プロジェクトのメンバーである信州大学名誉教授の渡邊秀夫さんがいらしているので、コメントをいただきたく思います。

ナヴロッカ　渡邊先生には、①和歌の四季・自然観と古典和歌の表現、②『源氏物語』と中国文学についての概説を論文集に書いていただく予定です。

渡邊秀夫　イヴォナ君とは、彼女が文科省の国費留学生として信州大学大学院へ来られて以来の、公私を含めた三〇年以上のお付き合いです。

ナヴロッカ　その時は二年半在籍しました。

渡邊　そうですね。『源氏物語』をテーマにした修士論文を日本語で書いて、しかも源氏の写本もきちんと読んでという、とにかくよくできる方で、その頃はこのようなことになるとは思いませんでした。

ナヴロッカ　私もです。

渡邊　非常に努力される方です。まさか『源氏物語』を全巻訳すというのは、日本の人、たとえば中古文学の研究者でもきちんと全巻訳すつもりで読んでいるかというと、なかなかこれはできません。これをまたポーランド語に――ポーランドの方によると、日本はロシアを挟んでお隣の国だととても友好的にお話しされるのですが――訳すというのは簡単ではありません。私も何度か数か月ずつポーランドで過ごしたことがありますけれども、ポーランド語は非常に難しいことばです。
どういう形になるのかはとても楽しみですが、まずイヴォナ君は、学生さんが分かるように日本の古典文法の教科書をポーランド語で書いたのです。しかもポーランド人のイヴォナ君から見ると日本の古典文法は非常に明快で分かりやすいというのです。

ナヴロツカ　私は多少ラテン語を勉強しました。少し似ています。

渡邊　その話を少ししてくれませんか。

ナヴロツカ　ラテン語と文語、古文のですか。同じように難しいですが、ラテン語と少し似ています。ラテン語はほとんどのヨーロッパ言語の基です。英語、ポーランド語の共通のことばです。古文は、敬語以外は非常に分かりやすいです。やはり敬語だけは少し問題になります。

渡邊　それは学生さんも同じ反応ですか。

ナヴロツカ　授業の時は『源氏物語』はあまり読まなくて、もっと簡単な『竹取物語《たけとりものがたり》』や『堤中納言物語《つつみちゅうなごんものがたり》』や和歌を読んでいます。学生たちも比較的理解しやすいように感じますけれども、『源氏物語』に入るとやはり難しいです。『竹取物語』はジブリの映画でポーランドでもとても有名ですので、普通の人たちもよく知っています。

渡邊　部分訳を含めて今までいろいろ訳されていますよね。そのような作品と比べて、やはり『源氏物語』は特別ですか。

ナヴロッカ　やはり一番難しいです。誰が誰に向かって話しているのか、何を話しているのかなどが時々分からなくなります。その点では難しいです。

大江　プロジェクトのもうお一方のメンバーである園山千里さんからもコメントをいただきたく思います。

園山千里　園山千里です。私は現在は国際基督教大学で文学を教えています。二年半前まではずっとポーランド国立ヤギェロン大学で教えていて、今はオンラインで授業をしており、兼任という状況でいます。実は私は二〇〇六年か二〇〇七年ぐらいにワルシャワ大学に留学をしまして、イヴォナさんとはその時からのご縁です。先ほど二〇〇八年の『源氏物語』のシンポジウムが話に出ましたけれども、私はちょうどその時博士論文を書いていて、あと数週間後に提出というような時にポーランドに行きました。非常に大変で、時差ぼけの中で最終稿をまとめたということでしたので、随分と月日が流れたなととても感慨深く思いました。

今回の翻訳に関して、私自身がポーランドにいて感じていたことは、やはり学生さんにとって翻訳はとても重要です。どうしてかというと、まだ日本語が分からない学生にとっては、英語などの他の言語で日本文学を知ることが大変重要になってきています。もちろんポーランドの学生さんは英語がとてもよくできるので、英語から入るということもありますが、やはり母国語のポーランド語で非常にいい翻訳があるとそれを読んで、もっと『源氏物語』や『更級日記《さらしなにっき》』の研究をしたいというきっかけになります。

そういった意味で、今まで『源氏物語』は本当に少しの訳しかなかったので、それが一括して読めることは、ワルシャワ大学もヤギェロン大学もそうですが、多分これから『源氏物語』を研究したいという学生さんが増えていくのではないかという期待があります。今回のプロジェクトについて、私も全力でサポートしていきたいと思っています。

大江　ありがとうございます。いかがでしょう。あと一つ、二つぐらいはお受けできるかと思います。ではお願いします。

E　貴重なお話をありがとうございました。覚えていらっしゃるかどうか分かりませんが、二〇年ぐらい前に先生の授業をとっていた者です。よろしくお願いします。

二点ほどあります。まずは、『源氏物語』はポーランド人にとって遠い国日本、しかも平安の日本の物語になりますが、その一方で、面白さを伝えたいとおっしゃったと思います。その過程で、やはりこれは絶対にポーランド人には分からないだろうというところがあったのかどうか、教えていただきたいと思います。もう一点は、もしかしたら文学の専門家の皆さんにとって少し物議を醸《かも》す質問になるかもしれませんが、文学翻訳においてA

I翻訳、機械翻訳に何かの役割があるのかどうかについてご意見を伺いたいと思います。

ナヴロツカ　どんな翻訳ですか。

E　文学翻訳においてAI翻訳や機械翻訳に何かの役割があるかどうかについてです。

ナヴロツカ　その最後の質問について言えば、私は六月の最後の古文の授業の時に、「花宴《はなのえん》」の原文から一部分をとってAI翻訳をしました。学生さんたちと一緒にまず原文を読んで翻訳をして、それを比較しました。やはりAI翻訳はまだまだです。非常に間違いだらけで絶対に駄目です。現代語訳はやってみませんでしたが、古文からポーランド語への翻訳はやはり駄目です。そして、最初の質問はどういうことでしたか。

E　日本語の特徴から考えると、もちろん注釈を付ければいろいろ説明できるかもしれませんが、注釈は少なめというお話もありましたので、ここは絶対に分かってもらえないだろうということで少し犠牲にするなど、そういったところがあるのかどうかについてお伺いしたいと思います。

ナヴロツカ　「文化関連語」が最も難しいです。たとえば、昔の十二単《じゅうにひとえ》の話や家具や建物のつくり方は、すべてポーランド語に直さずにそのままです。だからこれは短い注釈を付けて、あとは写真やイラストなどを論文集に入れるというふうにしたいです。つまり、その面白さを見せたいのです。それは日本人にとっても昔の文化なので、むしろその日本の古典文化としての特異性・面白さを伝えたいですね。それを見せたいのです。

大江　それではちょうど予定の時間となりましたので、これで本講演会を終了したいと思います。ナヴロッカさん、今日は本当にありがとうございました。

ナヴロッカ　どうもありがとうございました。

大江　これをもちまして終了したいと思います。ご参加いただきました皆さまもどうもありがとうございました。どうぞお気を付けてお帰りください。

青山学院大学文学部日本文学科主催講演会

「ポーランド語による初の『源氏物語』全巻訳について」を拝聴して

山本啓介（青山学院大学文学部日本文学科主任）

ポーランド国ワルシャワ大学東洋学部日本学科教授（文学博士）のイヴォナ・コルディンスカ＝ナヴロッカ（IWONA Kordzińska-Nawrocka）先生を本学にお招きし、二〇二四年七月一三日にご講演を賜りました。ナヴロッカ先生は同国の国家事業として、『源氏物語』全文のポーランド語訳を五カ年計画で進めておられます。講演の中では、翻訳に際して何を心がけるのか、どういう点が困難なのかといったこともお話いただきました。拙学のように自国の文学作品とばかり向きあっている者にはなかなか気づくことができない、『源氏物語』さらには日本文学と文化の特徴に気づかせてもらえるお話でした。

ナヴロッカ先生及び、当日ご参加くださいました皆様に改めて厚く御礼申し上げます。

青山学院大学文学部日本文学科は二〇〇五年三月に第一回国際学術シンポジウムを開催して以来、約二十年の間に日本文学・日本語学を軸とする、絵画や芸能や翻訳や翻案なども含めた様々なテーマで、アジア、ヨーロッパ、オセアニアなど世界各地の研究者をお招きして、学術交流をしてきました。日本文学や文化の魅力を我々が深く理解し、広く発信するためにも、海外の方との交流から得る刺激や観点は貴重なものだと感じています。これからの国際交流につきましても、御理解と御協力のほど、よろしくお願い申し上げます。

講演
Lecture
ポーランド語による初の『源氏物語』全巻訳について
イヴォナ・コルディンスカ・ナヴロッカ
IWONA Kordzińska-Nawrocka
『源氏物語』は日本文学史上の傑作のひとつであるのみならず、世界文学においても偉大な作品でもある。その作者・紫式部は、深遠な人間存在を心理性豊かに描きあげた小説芸術の先駆者とみなされている。彼女の作品は、和歌に裏づけられた個の抒情と物語的な散文叙述を巧みに融合し、19世紀ロマン主義時代のヨーロッパの詩的散文作品の登場よりも遥か以前に成立したものとして注目される。プロット構成の斬新さ、当時の宮廷文化の描写力の豊かさ、登場人物の心理描写の繊細さなど、その独創的な美質に多くの関心が寄せられて来た。
本講演では、ポーランド政府の国家プロジェクト “National Programme for the Development of Humanities” に採択された、『源氏物語』のポーランド語による翻訳作業を通じて得られた知見を交え、あらためて『源氏物語』の魅力について報告したい。
講演者略歴●ポーランド国ワルシャワ大学東洋学部日本学科教授dr hab（文学博士）・学科長。信州大学で修士学位も取得。『源氏物語』をはじめとする日本古典文学の研究・翻訳等のほか、現代日本の文化、風習、食文化等にも造詣が深い。現在『源氏物語』のポーランド語訳（初の全巻翻訳・5ヵ年計画）に携わっている。主要著書：Japońska miłość dworska（日本王朝恋愛, 2001）、Klasyczny język japoński（日本古典文法、2022）, Kultura kulinarna Japonii（日本食文化, 2018）など。
2024.7.13
受付開始 13:30〜
講演 14:00〜16:00
［SAT］
青山キャンパス17号館406教室
青山学院大学
AOYAMA GAKUIN UNIVERSITY
対面＋オンラインのハイブリッド開催
参加無料・一般来場歓迎!
参加申込URL
https://forms.gle/vYjDfw9s2zLVhNtE6
お問い合わせ/青山学院大学日本文学科●TEL（03）3409-7917 メール jpn@cl.aoyama.ac.jp
最寄駅/JR山手線、東急線、京王井の頭線●「渋谷駅」宮益坂方面の出口より徒歩10分　東京メトロ銀座線・半蔵門線・千代田線●「表参道駅」B1出口より徒歩5分

◇著 者
イヴォナ・コルディンスカ＝ナブロッカ（Iwona Kordzińska-Nawrocka）
ポーランド国ワルシャワ大学東洋学部日本学科教授 dr hab（文学博士）・学科長。
信州大学で修士学位も取得。『源氏物語』をはじめとする日本古典文学の研究・翻訳等のほか、現代日本の文化、風習、食文化等にも造詣が深い。現在『源氏物語』のポーランド語訳（初の全巻翻訳・5ヵ年計画）に携わっている。主要著書：Japońska miłość dworska（日本王朝恋愛、2001）、Klasyczny język japoński（日本古典文法、2022）、Kultura kulinarna Japonii（日本食文化、2018）など。

◇編 者
青山学院大学文学部日本文学科

◇企 画
小松靖彦（こまつ・やすひこ）
青山学院大学文学部日本文学科教授
1961年生まれ。東京大学文学部卒業。東京大学大学院人文科学研究科修了。博士（文学）。
著書：『萬葉学史の研究』（おうふう、2008年〈2刷〉）、『万葉集 隠された歴史のメッセージ』（角川選書、角川学芸出版、2010年）、『万葉集と日本人』（角川選書、KADOKAWA、2014年、第3回古代歴史文化賞優秀作品）、『戦争下の文学者たち―『萬葉集』と生きた歌人・詩人・小説家』（花鳥社、2021年）など。

大江元貴（おおえ・もとき）
青山学院大学文学部日本文学科准教授
筑波大学第二学群日本語・日本文化学類卒業。筑波大学人文社会科学研究科修了。博士（言語学）。
論文：「「嘲り文」の構造と名詞独立語文体系における位置」（『日本語の研究』18巻1号、2022年。2022年度日本語学会論文賞）、「現代日本語共通語における終助詞ガ、ダ」（『日本語文法』18巻2号、2018年。第1回日本語文法学会論文賞）など。

山口一樹（やまぐち・かずき）
青山学院大学文学部日本文学科准教授
早稲田大学文学部日本語日本文学コース卒業。東京大学大学院人文社会系研究科単位取得満期退学。博士（文学）。
論文：「弁の君の発話」（『国語国文』第90巻第12号、2021年12月）、「玉鬘の物語における女房集め」（『中古文学』103号、2019年5月、第13回中古文学会賞）など。

『源氏物語』全巻をポーランド語に訳す

2025（令和7）年2月28日　第1版第1刷発行

ISBN978-4-86766-081-2 C0095　

発行所　株式会社 **文学通信**

〒113-0022　東京都文京区千駄木2-31-3 サンウッド文京千駄木フラッツ1階101
電話 03-5939-9027　Fax 03-5939-9094
メール info@bungaku-report.com　ウェブ https://bungaku-report.com

発行人　岡田圭介
印刷・製本　モリモト印刷

ご意見・ご感想はこちらからも送れます。上記のQRコードを読み取ってください。

※乱丁・落丁本はお取り替えいたしますので、ご一報ください。書影は自由にお使いください。